Opening Your Heart To Animals: A Guide To The Benefits Of Caring For Something Other Than Yourself.

Unleash the Power of Compassion!

By:
Deandra Jones

BEWARE THE CROWENING!

BEWARE
THE
CROWENING!

BEWARE THE CROWENING!

BEWARE THE CROWENING!

BEWARE THE CROWENING!

BEWARE THE CROWENING!

BEWARE THE CROWENING!

BEWARE THE CROWENING!

BEWARE THE CROWENING!

BEWARE THE CROWENING!

BEWARE THE CROWENING!

BEWARE THE CROWENING!

BEWARE THE CROWENING!

BEWARE THE CROWENING!

BEWARE THE CROWENING!

BEWARE THE CROWENING!

BEWARE
THE
CROWENING!

BEWARE THE CROWENING!

BEWARE THE CROWENING!

BEWARE
THE
CROWENING!

BEWARE
THE
CROWENING!

BEWARE
THE
CROWENING!

BEWARE THE CROWENING!

BEWARE THE CROWENING!

BEWARE THE CROWENING!

BEWARE
THE
CROWENING!

BEWARE THE CROWENING!

BEWARE
THE
CROWENING!

BEWARE THE CROWENING!

BEWARE THE CROWENING!

BEWARE THE CROWENING!

BEWARE
THE
CROWENING!

BEWARE
THE
CROWENING!

BEWARE THE CROWENING!

It's not a credit card.

BEWARE
THE
CROWENING!

BEWARE
THE
CROWENING!

BEWARE THE CROWENING!

BEWARE THE CROWENING!

BEWARE THE CROWENING!

BEWARE THE CROWENING!

BEWARE THE CROWENING!

BEWARE THE CROWENING!

BEWARE THE CROWENING!

BEWARE THE CROWENING!

BEWARE THE CROWENING!

BEWARE THE CROWENING!

BEWARE
THE
CROWENING!

BEWARE
THE
CROWENING!

BEWARE THE CROWENING!

BEWARE
THE
CROWENING!

BEWARE
THE
CROWENING!

BEWARE THE CROWENING!

BEWARE THE CROWENING!

BEWARE THE CROWENING!

BEWARE THE CROWENING!

BEWARE
THE
CROWENING!

BEWARE THE CROWENING!

BEWARE THE CROWENING!

BEWARE THE CROWENING!

BEWARE THE CROWENING!

BEWARE THE CROWENING!

BEWARE THE CROWENING!

BEWARE
THE
CROWENING!

BEWARE THE CROWENING!

BEWARE THE CROWENING!

BEWARE THE CROWENING!

BEWARE THE CROWENING!

BEWARE
THE
CROWENING!

BEWARE THE CROWENING!

BEWARE THE CROWENING!

BEWARE THE CROWENING!

BEWARE THE CROWENING!

BEWARE THE CROWENING!

BEWARE
THE
CROWENING!

BEWARE THE CROWENING!

BEWARE
THE
CROWENING!

BEWARE
THE
CROWENING!

BEWARE THE CROWENING!

BEWARE THE CROWENING!

BEWARE THE CROWENING!

BEWARE THE CROWENING!

BEWARE THE CROWENING!

BEWARE THE CROWENING!

BEWARE THE CROWENING!

BEWARE THE CROWENING!

BEWARE THE CROWENING!

BEWARE THE CROWENING!

BEWARE THE CROWENING!

BEWARE THE CROWENING!

BEWARE THE CROWENING!

BEWARE THE CROWENING!

BEWARE THE CROWENING!

BEWARE THE CROWENING!

BEWARE THE CROWENING!

BEWARE THE CROWENING!

BEWARE THE CROWENING!

BEWARE
THE
CROWENING!

BEWARE THE CROWENING!

BEWARE THE CROWENING!

BEWARE THE CROWENING!

BEWARE THE CROWENING!

BEWARE THE CROWENING!

BEWARE THE CROWENING!

BEWARE THE CROWENING!

BEWARE THE CROWENING!

BEWARE THE CROWENING!

BEWARE THE CROWENING!

BEWARE THE CROWENING!

BEWARE THE CROWENING!

BEWARE THE CROWENING!

BEWARE THE CROWENING!

BEWARE THE CROWENING!

BEWARE
THE
CROWENING!

BEWARE THE CROWENING!

BEWARE THE CROWENING!

BEWARE THE CROWENING!

BEWARE THE CROWENING!

BEWARE THE CROWENING!

BEWARE THE CROWENING!

BEWARE
THE
CROWENING!

BEWARE THE CROWENING!

BEWARE THE CROWENING!

BEWARE THE CROWENING!

BEWARE THE CROWENING!

BEWARE THE CROWENING!

BEWARE THE CROWENING!

BEWARE
THE
CROWENING!

BEWARE THE CROWENING!

BEWARE
THE
CROWENING!

BEWARE THE CROWENING!

BEWARE THE CROWENING!

BEWARE THE CROWENING!

BEWARE THE CROWENING!

BEWARE THE CROWENING!

BEWARE THE CROWENING!

BEWARE THE CROWENING!

BEWARE THE CROWENING!

BEWARE THE CROWENING!

BEWARE
THE
CROWENING!

BEWARE
THE
CROWENING!

BEWARE THE CROWENING!

BEWARE THE CROWENING!

BEWARE
THE
CROWENING!

BEWARE THE CROWENING!

BEWARE THE CROWENING!

BEWARE
THE
CROWENING!

BEWARE
THE
CROWENING!

BEWARE THE CROWENING!

BEWARE THE CROWENING!

BEWARE THE CROWENING!

BEWARE THE CROWENING!

BEWARE
THE
CROWENING!

BEWARE THE CROWENING!

BEWARE THE CROWENING!

BEWARE
THE
CROWENING!

BEWARE
THE
CROWENING!

BEWARE THE CROWENING!

BEWARE THE CROWENING!

BEWARE THE CROWENING!

BEWARE THE CROWENING!

BEWARE THE CROWENING!

BEWARE
THE
CROWENING!

BEWARE
THE
CROWENING!

BEWARE THE CROWENING!

BEWARE THE CROWENING!

BEWARE THE CROWENING!

BEWARE THE CROWENING!

BEWARE THE CROWENING!

BEWARE THE CROWENING!

BEWARE THE CROWENING!

BEWARE THE CROWENING!

BEWARE THE CROWENING!

BEWARE THE CROWENING!

BEWARE THE CROWENING!

BEWARE THE CROWENING!

BEWARE THE CROWENING!

BEWARE
THE
CROWENING!

BEWARE
THE
CROWENING!

BEWARE THE CROWENING!

BEWARE THE CROWENING!

BEWARE
THE
CROWENING!

BEWARE THE CROWENING!

BEWARE
THE
CROWENING!

BEWARE THE CROWENING!

BEWARE
THE
CROWENING!

BEWARE THE CROWENING!

BEWARE
THE
CROWENING!

BEWARE THE CROWENING!

BEWARE THE CROWENING!

BEWARE THE CROWENING!

BEWARE THE CROWENING!

BEWARE
THE
CROWENING!

BEWARE
THE
CROWENING!

BEWARE THE CROWENING!

BEWARE THE CROWENING!

BEWARE
THE
CROWENING!

BEWARE THE CROWENING!

BEWARE
THE
CROWENING!

BEWARE
THE
CROWENING!

BEWARE
THE
CROWENING!

BEWARE THE CROWENING!

BEWARE
THE
CROWENING!

BEWARE THE CROWENING!

BEWARE THE CROWENING!

BEWARE
THE
CROWENING!

BEWARE
THE
CROWENING!

BEWARE THE CROWENING!

BEWARE THE CROWENING!

BEWARE THE CROWENING!

BEWARE
THE
CROWENING!

BEWARE
THE
CROWENING!

BEWARE THE CROWENING!

BEWARE THE CROWENING!

BEWARE THE CROWENING!

BEWARE
THE
CROWENING!

BEWARE THE CROWENING!

BEWARE THE CROWENING!

BEWARE THE CROWENING!

BEWARE
THE
CROWENING!

BEWARE
THE
CROWENING!

BEWARE THE CROWENING!

BEWARE
THE
CROWENING!

BEWARE
THE
CROWENING!

BEWARE THE CROWENING!

BEWARE THE CROWENING!

BEWARE THE CROWENING!

BEWARE THE CROWENING!

BEWARE
THE
CROWENING!

BEWARE THE CROWENING!

BEWARE
THE
CROWENING!

BEWARE THE CROWENING!

BEWARE THE CROWENING!

BEWARE THE CROWENING!

BEWARE THE CROWENING!

BEWARE THE CROWENING!

BEWARE THE CROWENING!

BEWARE THE CROWENING!

BEWARE THE CROWENING!

BEWARE THE CROWENING!

BEWARE THE CROWENING!

BEWARE
THE
CROWENING!

BEWARE THE CROWENING!

BEWARE
THE
CROWENING!

BEWARE THE CROWENING!

BEWARE
THE
CROWENING!

BEWARE THE CROWENING!

BEWARE THE CROWENING!

BEWARE THE CROWENING!

BEWARE
THE
CROWENING!

BEWARE
THE
CROWENING!

BEWARE THE CROWENING!

BEWARE THE CROWENING!

BEWARE THE CROWENING!

BEWARE THE CROWENING!

BEWARE
THE
CROWENING!

BEWARE
THE
CROWENING!

BEWARE THE CROWENING!

BEWARE THE CROWENING!

BEWARE THE CROWENING!

BEWARE
THE
CROWENING!

BEWARE THE CROWENING!

BEWARE THE CROWENING!

BEWARE THE CROWENING!

BEWARE THE CROWENING!

BEWARE THE CROWENING!

BEWARE THE CROWENING!

BEWARE
THE
CROWENING!

BEWARE THE CROWENING!

BEWARE
THE
CROWENING!

BEWARE THE CROWENING!

BEWARE THE CROWENING!

BEWARE
THE
CROWENING!

BEWARE THE CROWENING!

BEWARE THE CROWENING!

BEWARE THE CROWENING!

BEWARE
THE
CROWENING!

BEWARE THE CROWENING!

BEWARE THE CROWENING!

BEWARE
THE
CROWENING!

BEWARE THE CROWENING!

BEWARE THE CROWENING!

BEWARE
THE
CROWENING!

BEWARE THE CROWENING!

BEWARE THE CROWENING!

BEWARE
THE
CROWENING!

BEWARE THE CROWENING!

BEWARE
THE
CROWENING!

BEWARE THE CROWENING!

BEWARE THE CROWENING!

BEWARE THE CROWENING!

BEWARE THE CROWENING!

BEWARE
THE
CROWENING!

BEWARE THE CROWENING!

BEWARE
THE
CROWENING!

BEWARE
THE
CROWENING!

BEWARE THE CROWENING!

BEWARE THE CROWENING!

Made in the USA
Columbia, SC
20 August 2021